AF454855

16 MARS 1868

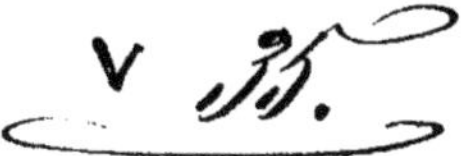

COLLECTION

DE

M. le Marquis d'AZEGLIO

FAÏENCES ITALIENNES

ET AUTRES

OBJETS D'ART ET DE CURIOSITÉ

Vente les Lundi 16 et Mardi 17 Mars 1868

EXPOSITIONS { PARTICULIÈRE, le Samedi 14 Mars 1868,
PUBLIQUE, le Dimanche 15 Mars 1868

Me CHARLES PILLET, COMMISSAIRE-PRISEUR | M. CARLE DELANGE, EXPERT

1868

PARIS. — Imprimé chez A. PILLET fils aîné,
5, rue des Grands-Augustins.

CATALOGUE

DE

FAÏENCES ITALIENNES

et autres

AINSI QUE

D'OBJETS D'ART & DE CURIOSITÉ

Tels que : **Tableaux, Bronzes,**
Livres d'Heures, Manuscrits, Lustre en cristal de roche,
Grand Médailler du règne de Louis XIV,
Meubles, etc.

FORMANT LA COLLECTION

De M. le marquis D'AZEGLIO

DONT LA VENTE AURA LIEU

HOTEL DROUOT, Salle N° 8

Les Lundi 16 et Mardi 17 Mars 1868

A DEUX HEURES ET DEMIE

Par le ministère de Me **Charles PILLET**, Commissaire-Priseur,
11, rue de Choiseul,
Assisté de M. **Carle DELANGE**, Expert, quai Voltaire, 5.

Chez lesquels se trouve le présent Catalogue.

EXPOSITIONS { *PARTICULIÈRE :* le Samedi 14 Mars 1868,
PUBLIQUE : le Dimanche 15 Mars 1868,

DE UNE HEURE A CINQ HEURES.

CONDITIONS DE LA VENTE

Elle sera faite au comptant

Les adjudicataires payeront *cinq pour cent* en sus des enchères.

L'exposition mettant le public à même de se rendre compte de l'état des objets, il ne sera admis aucune réclamation une fois l'adjudication prononcée.

Nota. — A partir du 15 avril prochain, l'étude de Me Charles Pillet sera transférée de la rue de Choiseul, 11, à la rue Grange-Batelière, 10.

117. — Paris Imprimerie de Pillet fils aîné, rue des Grands-Augustins, 5.

La collection que nous mettons en vente est principalement composée de faïences italiennes. Elle a été faite dans les loisirs de l'homme d'État, par l'amateur de goût. En sa qualité d'italien, M. le marquis d'Azeglio a été plus à même que personne de réunir les meilleurs documents et les plus certains sur l'art céramique de son pays; aussi n'est-il guère de fabriques et d'artistes qni, malgré le nombre restreint de pièces dont se compose la collection, ne soient représentés par de beaux spécimens, dont plusieurs de premier ordre, et que nous nous dispenserons de mentionner ici en renvoyant au catalogue. Nous ferons cependant exception pour deux pièces d'une très-grande importance, savoir : un portrait de Raphaël, peint sur un plat peu de temps après sa mort, d'après les dernières lignes de son épitaphe, composée par Bembo, inscrites au revers; puis une paire de grands candélabres, composés de parties superposées et ornés de cariatides et figures fantastiques, en faïence d'Urbino, que l'on a remarqués à la première exposition rétrospective qui a été faite au musée Kensington de Londres en 1862.

Nous avons cru devoir nous servir de la dénomination de Majolica, *pour les pièces à irisations ou reflets métalliques, et de celle de faïence pour toutes les autres; nous autorisant d'un passage du livre de Piccolo Passo, qui appelle* Maiolica *le travail fait* alla Castellana, *et qu'il ajoute ne pas avoir fait ni vu faire, mais dont seulement il a entendu parler par un certain* maestro *Cencio da Gubbio qui le pratiquait.*

N. B. — *N'ayant eu sous les yeux, pour le catalogue, qu'une partie des pièces, nous avons transcrit pour les autres les notes de M. le marquis d'Azeglio.*

DÉSIGNATION DES OBJETS

Faïences

Avec signatures, monogrames et dates.

1 — Grand plat ovale, à compartiments séparés par des ornements et des mascarons en relief et décorés de grotesques sur fond blanc. au revers on lit : *Alfonsus Patanacci fecit Urbini in bottega de maestro Bocciono*, 1607.

2 — Autre lui servant de pendant.

3 — Écritoire monumental, composée de trois parties représentant le Parnasse, sur le livre d'un des poëtes représentés se trouve la signature Alf. Patanazzi 1584, Urbini ; ayant dû être donnée en présent à un grand poëte de l'époque, peut-être Torquato Tasso par le duc d'Urbin.

4 — Plat représentant le sujet d'Actéon changé en cerf, au revers Urbini, 1534.

5 — Plat à sujet mythologique, au revers on lit *Giove in Montone*, Urbini, 1542.

6 — Plat représentant St Gérome arrachant une épine de la patte d'un lion ; derrière lui des moines effrayés de son action.

En bas un monogramme compliqué.

Au revers 1542 in urbino.

7 — Grand plat divisé en deux sujets, l'un représentant la chasteté de Joseph, et l'autre Putiphar condamnant Joseph à la prison, un des plus magnifiques de l'artiste signé Fra Xatho da Rovigo, 1537, provient de la vente Evans Lombe, cité par M. Darcel.

8 — Plat représentant Alexandre et le soldat macédonien avec écusson aux armes des Pucci signé, Xantho 1532.

9 — Plat représentant Pyrame et Thisbe. Signé au revers *Baldassara Manara ;* sur une autre pièce avec la même signature, il y avait à la suite *Faentino*.

10 — Plat représentant Mutius Scœvola devant Porsenna. Signé au revers Pisauri (Pesaro), 1566.

11 — Plat représentant un combat. Signé au revers Chafaggiolo.

12 — Plat représentant Annibal et les prêtres de Crête. Signé au revers Castel Durante, 1524.

13 — Plat représentant un buste de femme avec cette inscription *Chassandra*. Il porte les sigles I P (probablement monogramme de : in Pesaro) et dans les ornements la date de 1537, remarquable par son exécution et copié par Minton.

14 — Grande Madone en relief, portant la date de 1499.

15 — Plat représentant David tuant le géant Goliath, le bord est orné d'arabesques et de trophées. Au revers il porte la date de 19 Jnnio 1507.

16 — Plat représentant un buste de femme avec cette inscription : *Jacoma bella*, date 1534.

17 — Plat représentant le Christ au tombeau avec les deux Maries; il porte la date de 1535 provient de la vente Soltikoff, décrit dans plusieurs ouvrages à cause des singuliers caractères qui se trouvent dans le décor. Dutuit

18 — Plat décoré de trophées, au centre un Amour, daté 1544.

19 — Plat. — Faïence commune de Deruta avec monogramme D.

20 — Plat représentant le sujet de Léda, avec bordure d'arabesques sur fond orange, vert et bleu alternés. Dutuit

Marqué au revers d'un trident.

21 — Joli petit plat à portrait avec monogramme.
Fabrique de Faenza.

22 — Plat représentant saint Antoine dans un désert.

Au revers un cercle barré d'une croix.

23 — Plat représentant St François, les Stigmates. Fabrique d'Urbino avec monogramme.

Majolica

ou faïences à reflets métalliques.

24 — Plat (Majolica) reflets feu et or avec bordure d'arabesques au centre un Amour sautant à la corde, au revers signé Maestro Giorgio.

25 — Plat (Majolica) reflets feu et or; saint-Antoine au désert au revers 1530 Maestro Giorgio da Ugubio.

26 — Très-beau plat (Majolica) irisations feu et cuivre représentant Actéon changé en cerf.

Au revers Maestro Giorgio 1533.

Un des plus beaux du maitre.

27 — Plat (Majolica) portrait de femme; irisations feu avec monogramme inconnu de Maestro Giorgio; sur le fond on lit *Catarina bella.*

28 — Plat (Majolica) à irisations rouge et or, représentant Brutus et Porcia, signé des sigles F. X.

Au revers *Bruto de portia sua l'Ardir riprende.*

29 — Plat (Majolica) représentant saint Jean Baptiste, irisations pâles, à reliefs.

30 — Grand plat (Majolica) à irisations pâles décoré de cornes d'abondance et de têtes de chérubins; au centre un amour tenant une oie.

31 — Petite plaque (Majolica) à irisations pâles représentant un *Ecce Homo* en relief.

32 — Grand plat (Majolica) à irisations pâles représentant le Lion de saint Marc.

33 — Grand plat (Majolica) représentant un buste de femme *Chamilla bella* avec bordure d'arabesques et imbrications.

34 — Grand plat analogue avec cette inscription *Sola miseria Charet invidia.*

35 — Grand plat *in te Domina speravi.*

36 — Coupe (Majolica) à irisations pâles représentant des bustes au milieu d'arabesques.

37 — Plat (Majolica) il est décoré d'ornements d'une irisation pâle dans le goût arabe.

38 — *Alberella* (Majolica) décoré d'ornements à irisations pâles, elle porte l'inscription en arabe répétée, *Il dit*, style de l'époque la plus reculée.

39 — Double coupe (Majolica) à irisations pâles, décorée de fleurs de lys, même époque.

40 — Petite écuelle avec un monogramme au revers, même époque.

*

Pièces et Vases

de formes et de fabriques diverses.

41 — Très-grande paire de candélabres. Sur une base triangulaire repose un trépied supportant un vase se terminant par une tige; le tout orné de cariatides et de figures chimériques en ronde bosse; les parties lisses sont décorées de peintures représentant des sujets allégoriques. Ils portent les emblèmes des ducs d'Urbino, les trois bornes et le verre à ventouse. Attribués à Orazio Fontana, comme un des ouvrages les plus remarquables de cet artiste d'Urbino. Ils proviennent d'un couvent de Foligno. Exposés à Kensington en 182.

42 — Écritoire décorée d'arabesques à grotesques, fabrique d'Urbino, qui aurait été faite à l'occasion du mariage de Guidubaldo avec Élisabeth Gonzaga.

43 — Écritoire formée d'un groupe de combattants, il porte l'armoirie Ridolfi.

44 — Coupe représentant un paysan se versant à boire, attribuée à Orazio Fontana. Vente Soltikoff.

45 — Très-belle coupe représentant un sujet mythologique, avec monture en argent doré du XVIe siècle, le couvercle est surmonté d'une figure de Diane.

Pièce unique, fabrique d'Urbino.

46 — Vase à six pans flanqués aux angles de cariatides contournées et terminées en volutes et surmontées de six mascarons dont les bouches ouvertes semblent avoir été destinées à recevoir des mèches à brûler. Le vase est décoré de grotesques sur fond blanc, très-fin d'exécution.

47 — Vase à six pans ornés de figures peintes allégoriques, les angles flanqués de guirlandes en terre cuite dorées et surmontées de masques en terre cuite. Vente Falck.

48 — Coupe (Graffito), supportée par des figures de Génies tenant des boucliers; à l'intérieur, un personnage jouant du luth, analogue à celle du Louvre, supportée par des lions.

Fabrique de La Frata près Pérouse au xve siècle.

49 — *Campana* (cloche) avec inscription en caractères gothiques du xve siècle : *Marianna bella sopra l'altre belle*, on y voit un cœur percé et des larmes coulant de deux yeux placés au-dessus, allégorie d'un amour malheureux.

Décor imitant les faïences hispano-arabes.

50 — Deux grands vases à anses tordues à fond blanc, décorés d'arabesques bleus ; devant et derrière, des médaillons bleus avec arabesques et trophées en camaïeus bleus et en couleur rouge et jaune, du plus beau style archaïque, fin du xve siécle.

(Collection Montferrand.)

51 — Deux *Alberelles* à décor bleu et blanc, imitant les faïences de Perse.

52 — *Alberella* représentant un portrait avec l'inscription *Pétrello.*

53 — Son pendant *Tristano.*

54 — Vase d'Electuaire décoré de bustes sur fond d'arabesques dans le style arabe.

Fabrique de Chaffagiolo.

55 — Vase d'Electuaire son pendant.

56 — Vase d'électuaire décore d'arabesques sur fond blanc.

Fabrique d'Urbino.

57 — *Brocca* aux armes Medicis et Pépoli.

58 — *Brocca* aux armes *da Filicaja.* Décor imitant les faïences hispano et siculo-arabes.

59 — Vase en forme d'un grand masque de satyre en faïence noire, imitation antique.

60 — Coupe en faïence de Pesaro de la reprise de cette fabrique au siècle dernier.

61 — Grand vase en faïence de *Buen retiro,* fabrique que Ferdinand transporta de Naples à Madrid ; une des plus grandes pièces connues, représentant la Reine de Saba.

Plats de fabriques diverses

62 — Plat représentant le portrait de Raphaël peint après sa mort, d'après les premières lignes d'une épitaphe, par Bimbo, inscrites au revers du plat.

Cette pièce unique est attribuée à Guido Durantino et fut exposée en 1862 à Kensington.

63 — Très-grand et magnifique plat représentant le Massacre des Innocents, provient de la vente Montferrand.

64 — Son pendant, Darius. Même collection.

65 — Plat représentant un concert dans un jardin (Decameron), les personnages portent le costume italien de l'époque.

66 — Plat représentant le sujet de la Cène, d'un dessin et d'un style remarquable.

Fabrique de Faenza et Chaffaggiolo.

67 — Coupe représentant Loth et ses filles.

Vente Soltikoff.

68 — Petit plat représentant la déesse Latone.

Au revers *La dea latona.*— Attribué à Orazio Fontana. Vente Bernal, 1864.

69 — Petit plat représentant l'enlèvement d'Europe, très-vif de couleur, même provenance.

70 — Plat réprésentant la lutte d'Apollon et Marsyas, remarquable par son exécution.

71 — Plat représentant Pyrrhus tuant Polidore, au revers l'inscription *come Pirro uccise Polidoro figliolo del re Priamo.*

Attribué à Guido Durantino.

72 — Plat représentant Vénus surprise par Phébus avec Mars, au revers l'inscription *come Febo accuso a Marte che era con Venere.*

Même attribution.

73 — Plat représentant la chute de Phaéton foudroyé par Jupiter; au-dessous de lui, une ville. Remarquable par son dessin. Fabrique de Faenza.

74 — Plat représentant un buste de femme avec cette inscription: *Gentile signora Cassendra,* encadré dans une bordure à fruits de la Robbia.

75 — Plat buste de femme avec cette inscription : *Laura Bella.*

76 — Plat avec l'inscription *Faustina.*

77 — Plat avec l'inscription *Cangemia Bella.*

78 — Plat représentant un portrait de femme peint en bleu. Faïence de Venise.

79 — Plat, représentant un boulanger en train d'enfourner, au haut du plat les deux sigles R. C., peut-être le monogramme de Raffaelle Ciarla ou Raff. del Colle, dessinateurs pour les *stoviglie* (vaisselle). Il se peut que ce plat ait rapport au *Maestro Prestino*, qui métamorphosa son four de boulanger en four de potier. *Prestino* en dialecte signifie boulanger.

80 — Plat représentant un buste de femme jouant de la flûte, avec cette inscription : *Sola miseria charet invidia*, avec bordure d'arabesques coloriées.

Fabrique de Chaffaggiolo.

81 — Plat représentant un buste d'homme et de femme qu'on suppose représenter Alphonse duc de Ferrare et sa maitresse *Laura Diante* qu'il eût après la mort de *Lucrécia Borgia*, sa femme.

82 — Quatre plats ayant fait partie du service d'Alphonse d'Este, duc de Ferrare, à l'occasion de son mariage avec Barbara d'Austria, en 1565. Ils portent la devise *Ardet in æternum*. Ce numéro sera divisé.

83 — Plat représentant une figure allégorique, bordure de grostesques sur fond blanc, fabrique d'Urbino.

84 — Plat décoré d'arabesques, couleur manganèse d'une grande finesse d'exécution, sur fond blanc. Copié par Minton.

85 — Plaque décorée d'un griffon héraldique entouré d'une bordure d'arabesques. Fabrique de la Frata.

Cette fabrique s'est perpétuée et existe encore dans le pays.

86 — Plat (*à quartière*) dont les compartiments forment creux en dedans et saillie en dehors; il est décoré d'arabesques en camaïeu sur fond alterné jaune et bleu, au centre un Amour.

Fabrique de Faenza.

87 — Plat. Fond bleu, au centre une femme en camaïeu bleu, jouant d'un instrument. Sur le fond Eratone.

88 — Plat représentant le sujet de Judith et Holopherne. Fabrique de Caffagiolo.

89 — Plat à bordure d'arabesques en grotesques sur fond bleu; le fond du plat manque. Fabrique de Faenza ou Chaffaggiolo.

90 — Plat à décor blanc sur blanc; sur le bord un feuillage, au centre un amour tenant un loup entre ses jambes.

Fabrique de Chaffaggiolo.

91 — Plat représentant le sujet de Joseph expliquant le songe de Pharaon.

92 — Figure allégorique, Vénus et l'amour.

93 — Plat représentant le sujet d'Apollon poursuivant Daphné.

94 — Plat décoré d'arabesques en camaïeu bleu.

95 — Plat décoré avec armoirie.

96 — Deux briques de carrelage décorées d'ornements peints.

97 — Plat représentant deux lutteurs, d'après l'antique.

98 — Plat creux réprésentant la création d'Ève.

99 — Plat représentant Diane chasseresse.

109 — Plat représentant le siége d'une ville.

101 — Plat représentant Thamar et Juda.

102 — Plat représentant l'Échelle de Jacob.

103 — Plat représentant le sujet de Moyse et Aaron.

104 — Plat représentant le martyre de saint Étienne.

105 — Plat représentant un sujet inconnu.

106 — Plat représentant le sujet de Galathée.

107 — Plat représentant une Nymphe dans un paysage.

108 — Plat representant Daphné.

109 — Plat, même sujet.

110 — Plat, même sujet.

111 — Plat en faïence gros bleu, décoré d'ornements dorés, armoirie épiscopale de la famille Farnèse.

112 — Plat, en faïence fond noir à décor monochrome, représentant saint Jean et l'enfant Jésus d'après le Corrége.

113 — Seize petits plats ou assiettes représentant des paysages. — Aux armes de la maison Salviati de Florence. Service de table. Ce numéro sera divisé.

114 — Grand plat en faïence noire, décoré d'arabesques et d'une armoirie.

115 — Plat de fabrique des Abruzzes.

116 — Trois assiettes de fabriques du XVIIe siècle.

117 — Plat décoré d'ornements découpés à jour.

118 — Plat représentant des bouquets d'œillets et de tulipes; imitation de faïence de Perse.

Fabrique de Candiana.

119 — Assiette de Savone.

120 — L'enfant Jésus et saint Jean. Groupe de La Robbia.

121 — Dix plats et assiettes. Imitation des anciennes faïences de Gubbio, faite à Gubbio en 1862. Ce numéro sera divisé.

121 *bis.* — Imitation d'anciennes faïences italiennes.

Faïences de Nevers

122 — Paire de cornets en faïence de Nevers, montés en bronze doré. — Très-curieux et très-rares de forme.

Collection Montferrand.

123 — Grand plat en faïence moulée sur une pièce d'orfévrerie de la plus belle époque du XVIe siècle, représentant des divinités marines. Sur l'ombilic les couleurs de la fabrication de Conrade et une marque mal faite de la ville de Nevers, pièce unique et la plus intéressante de cette fabrique.

123 *bis* — Assiette en faïence de Nevers, datée 1734, conservant encore, quoiqu'au déclin de la fabrique, la tradition de Conrade.

Porcelaines

124 — Plat de la porcelaine dite de Médicis.

Au revers un clocher ou coupole dite celle du Duome de Florence.

125 — Grand groupe de Capo di Monte.—Apollon et Daphné.

126 — Son pendant, Vénus et l'Amour. Ces groupes sont des pièces hors ligne et qui se rencontrent rarement.

127 — Grand groupe sur socle en porcelaine de Capo di Monte. — Léda.

128 — Son pendant. Ganymède.

Objets divers

129 — Grand coffre ou bahut gothique en bois sculpté, avec un écusson aux trois fleurs de lis et serrure ancienne.

130 — Grand soufflet vénitien en bois sculpté avec les armoiries du doge Lorédan.

131 — Grands chenets en bronze florentin, surmontés d'une figure d'Apollon et de Vulcain.

132 — Lustre en cristal de roche.

133 — Livre d'heures français, manuscrit orné de miniatures.

134 — Paix en ivoire sculpté représentant le couronnement de la Vierge.

Travail italien du XVIIe siècle d'une grande finesse d'exécution.

135 — Gourde gravée à la pointe par un procédé analogue à celui de l'eau-forte, sur laquelle sont représentés des sujets guerriers d'une grande finesse d'exécution.

136 — Croix sculptée en bois de cèdre travail grec du couvent du Mont Athos; elle est sculptée sur les deux faces. Du plus ancien travail des moines, pouvant remonter au XIVe siècle.

137 — Étui du travail de reliure reproduisant les ornements ou entrelacs des faiences de Henri II; d'un côté en relief est représenté le portrait du Roi, attribué à François Charpentier gardien de la librairie du château d'Oiron.

138 — Plaque en émail de Limoges représentant sainte Geneviève.

139 — Peinture sur spath fluor représentant la fuite en Egypte. Travail italien du XVIIe siècle.

140 — Très-petite peinture à l'huile attribuée à Wouvermann école hollandaise, montée en broche.

141 — Petit crucifix en corail blanc sur croix en lapis. Travail du commencement du XVIIe siècle.

142 — Reliquaire en écaille et cristal de roche représentant une assomption travail italien ou espagnol du XVIIe siècle.

143 — Boîte de montre en émail sur laquelle est réprésenté le triomphe de Galatée d'une très-fine exécution.

144 — Bas relief en argent repoussé représentant des sujets d'après Clodion.

145 — Fac-simile de l'onix fameuse, supposée représenter par ses taches naturelles le profil de Louis XVI guillotiné.

146 — Camée sur coquille, du XVIᵉ siècle, représentant Mars et Vénus

147 — Portrait en nacre de perles et pierre dure de Francesco d'Este, marquis de Massa, fils d'Alphonse, premier duc de Ferrare. — Travail curieux et rare de Lombardi, ami et contemporain de Titien dont Vasari a écrit la vie.

148 — Aiguière en étain, dite de Briot, sur laquelle sont représentées des divinités marines.

149 — Petit bronze florentin, du commencement du XVI siècle, représentant l'enfant Jésus.

150 — Bronze, à cire perdue du XVIᵉ siècle, représentant un écorché tirant de l'arc, belle exécution.

151 — Médaillon en bronze italien, représentant Antoine, bâtard de Bourgogne, fils naturel de Philippe-le-Bon.

152 — Grand médailler, contenant 318 médailles en bronze exécutées par ordre de Louis XV pour illustrer les principaux événements du règne de Louis XIV. Elles sont décrites dans un ouvrage de luxe du temps, dont un exemplaire sera vendu avec la collection, la cassette contient 320 cases, dont 318 numérotées sont remplies, ce qui indique que la collection est complète. Le médailler est l'ouvrage de Pietro Piffetti, marqueteur du roi de Sardaigne, Emmanuel III, dont le monogramme et le chiffre se trouvent à la partie supérieure. Cet artiste, dont on voit les belles marqueteries au palais du roi à Turin, mourut en 1777.

153 — Grand et très-beau livre d'heures manuscrites de la fin du xve siècle; il est orné de 117 miniatures dont 12 de toute la grandeur du format in-8, avec reliure en velours et fermoirs en argent.

154 — Petit livre d'heures manuscrites dans une ancienne reliure de Le Gascon, avec fermoirs en argent. Il est orné de 10 miniatures de la grandeur du format, in-12, très-fines d'exécution.

TABLEAUX

TIZIANIO VERCELLIO

155 — Portrait de Vesale, célèbre professeur de chirurgie et d'anatomie, ami du Titien.

Il fut donné par Canova à un de ses amis en 1814, ainsi que le constatent l'autographe et le cachet de Canova derrière le tablean et le témoignage de la personne à laquelle il a été offert.

SAEGHERS

156 — Portrait de Marie de Médicis, dans un cadre ancien en cuivre doré et ciselé.

157 — Sous ce numéro seront vendus les objets omis au présent catalogue.

www.ingramcontent.com/pod-product-compliance
Ingram Content Group UK Ltd.
Pitfield, Milton Keynes, MK11 3LW, UK
UKHW021037260726
13994UKWH00005B/2205

9 782329 388014